Roméo
Lebeau

Données de catalogage avant publication (Canada)

Demers, Dominique

  Roméo Lebeau

  Pour les jeunes

  ISBN 2-89037-984-1

  I. Titre.

PS8557.E468R65 1999   jC843'.54   C99-940273-0
PS9557.E468R65 1999
PZ23.D45Ro 1999

Les Éditions Québec Amérique bénéficient du programme de
subventions globales du Conseil des Arts du Canada Elles tiennent
également à remercier la SODEC pour son appui financier.

Nous reconnaissons l'aide financière du gouvernement du Canada par
l'entremise du Programme d'aide au développement de l'industrie de
l'édition (PADIÉ) pour nos activités d'édition.

Diffusion :
Prologue inc.
1650, boul. Lionel-Bertrand
Boisbriand (Québec) J7H 1N7
Canada
Téléphone : 1-800-363-2864
Télécopieur : 1-800-361-8088
prologue@prologue.ca

Dépôt légal: 1ᵉʳ trimestre 1999
Bibliothèque nationale du Québec
Bibliothèque nationale du Canada

Révision linguistique : Diane Martin
Mise en pages : Andréa Joseph [PAGEXPRESS]
Troisième réimpression : juin 2001

Roméo Lebeau

DOMINIQUE DEMERS

ILLUSTRATIONS : PHILIPPE BÉHA

QUÉBEC AMÉRIQUE JEUNESSE

329, RUE DE LA COMMUNE O., 3ᵉ ÉTAGE, MONTRÉAL (QUÉBEC) H2Y 2E1 (514) 499-3000

De la même auteure

Pour les jeunes

LA BIBLIOTHÈQUE DES ENFANTS,
Des trésors pour les 0 à 9 ans
Montréal, Éditions Québec Amérique, 1995.

DU PETIT POUCET AU DERNIER DES RAISINS
Montréal, Éditions Québec Amérique, 1994.

VALENTINE PICOTÉE
Montréal, Éditions Québec Amérique, 1998.

TOTO LA BRUTE
Montréal, Éditions Québec Amérique, 1998.

MARIE LA CHIPIE
Montréal, Éditions Québec Amérique, 1997.

ROMÉO LEBEAU
Montréal, Éditions Québec Amérique, 1999.

LÉON MAIGRICHON
Montréal, Éditions Québec Amérique, 2000.

LA NOUVELLE MAÎTRESSE
Montréal, Éditions Québec Amérique, 1994.

LA MYSTÉRIEUSE BIBLIOTHÉCAIRE
Montréal, Éditions Québec Amérique, 1997.

UNE BIEN CURIEUSE FACTRICE
Montréal, Éditions Québec Amérique, 1999.

UN HIVER DE TOURMENTE
Montréal, Éditions Québec Amérique, 1998.

LES GRANDS SAPINS NE MEURENT PAS
Montréal, Éditions Québec Amérique, 1993.

ILS DANSENT DANS LA TEMPÊTE
Montréal, Éditions Québec Amérique, 1994.

MAÏNA – TOME I, L'APPEL DES LOUPS
Montréal, Éditions Québec Amérique, 1997.

MAÏNA – TOME II, AU PAYS DE NATAK
Montréal, Éditions Québec Amérique, 1997.

Pour les adultes

MAÏNA
Éditions Québec Amérique, 1997.

MARIE-TEMPÊTE
Éditions Québec Amérique, 1997.

LE PARI
Éditions Québec Amérique, 1999.

Remerciements

J'aimerais remercier Pierre Dupuy, biologiste au parc du Mont-Tremblant qui a répondu avec beaucoup de patience à toutes mes questions.

Merci aussi à Marie, ma fille, qui a lu ce manuscrit avec toute la sévérité nécessaire et m'a suggéré de précieuses améliorations.

Merci également aux amis qui m'ont donné leurs commentaires : Marie-Cléo, Alec, Sara, Lorenzo, Sofia, Benoît...

Et enfin un merci bien spécial à Denise Boileau-Francœur et à ses élèves de l'école Jean-Leman à Candiac.

À Julien, mon filleul
À Marc-André et Jonathan,
mes deux grands neveux

1
Une araignée écrabouillée

— Je vais te couper en petits morceaux ! hurle le tueur fou en agitant ses longs bras armés de couteaux tranchants.

Les lames de couteaux brillent dans la nuit. Je voudrais courir, mais mes pieds restent collés au plancher.

Je sens l'haleine du tueur fou. Il est tout près. Il pue le fromage pourri et les brocolis trop cuits. Dans deux secondes, il va me trancher en rondelles. Le sang va couler partout.

— MAAMAAAN !!! AU SECOU- OUOUOURS !

Ma porte s'ouvre.

— Alexis ! Pauvre petit coco d'amour ! C'est seulement un cauchemar, mon beau poussin chéri...

Ma mère me console avec des mots niaiseux. Si Henri, Katarina ou mes amis entendaient ça, ils se moqueraient de moi pendant cent mille ans.

— Alexis le peureux ! Alexis le gros bébé lala !

Je les imagine bien crier ça dans la cour d'école. Pourtant, je ne suis pas vraiment peureux. Même que parfois, je suis extra-ordinairement, formidablement, épouvantablement courageux.

La preuve? Mercredi dernier, au retour de la récréation, Rosaline Lamonde a hurlé assez fort pour réveiller les morts. Une araignée monstrueuse avec de

longues pattes très poilues cou-
rait sur son pupitre ! Macaroni,
notre chère professeure qui est
un peu nouille, est devenue pâle
comme un fantôme. Et toutes les
filles de la classe ont crié comme
si l'araignée allait les avaler tout
rond.

C'est MOI qui ai tué l'araignée.
Je l'ai écrabouillée raide. SLAM !
Il y avait plein de jus d'araignée
dans ma main. Mais je n'ai pas
eu peur.

Parce que je suis brave. Très
brave même. Alexis Dumoulin-
Marchand n'a peur de rien... ou
presque.

J'ai juste peur d'une chose...
une chose... affreuse et dégoû-
tante... LE SANG ! La moindre petite goutte de sang me donne
des cauchemars.

C'est la faute à mon ami Henri ! C'est lui qui m'a prêté la cassette du film *Halloween sanglant 3* qu'il avait enregistré en cachette.

Le pire, c'est qu'aujourd'hui je pars en classe verte. Macaroni sera là et monsieur Torture aussi, notre directeur. Il a un nom à faire peur, mais c'est un gros toutou dans le fond. Tous les élèves ont très hâte d'aller au camp Les Grouillevite à Mont-Tremblant.

Tous les élèves... sauf moi.

Je fais semblant d'être excité, mais je donnerais tout pour attraper la varicelle une deuxième fois et rester enfermé dans ma chambre pendant tout le voyage.

Pourquoi ? C'est simple : j'ai peur de faire un cauchemar. Imagine ! J'aurais l'air fin si je me

mettais à hurler MAAMAAAN ! ! !
AU SECOUOUOUOURS ! dans le dortoir en pleine nuit.

Tout le monde rirait de moi.
Et Katarina déciderait que je suis
trop peureux pour être son amoureux.

Fesses de maringouin, ça va
mal !

2
Roméo Chose

Ce matin, ma mère était encore plus mère poule que d'habitude. Elle n'arrêtait pas ! « Mon petit coquelicot » par-ci, « mon petit poussin » par-là. Elle m'a donné au moins douze mille becs

et cinquante millions de recom-
mandations.

Ma mère est comme ça. Elle a
le don de me faire honte.

Hier midi, par exemple... J'étais
à la cafétéria de l'école. J'allais
croquer dans un triple-sandwich-
super-spécial de mon invention
(poulet, beurre d'arachide, confi-
ture de raisins et cornichons)
quand j'ai découvert un petit
billet entre le pain et les cornichons. C'était écrit : « Je t'aime,
mon petit coco. » Et c'était signé :
« maman ».

Avoue que t'aurais eu honte,
toi aussi !

Ma mère serait du genre à me
téléphoner au camp de vacances.
Imagine ! Tu es en train de manger à la cafétéria avec tes amis et
on t'appelle au micro.

Alexis Dumoulin-Marchand peut-il se présenter d'urgence au bureau de la direction du camp? Sa mère est au téléphone. Elle veut savoir s'il a peigné ses cheveux, lavé ses mains, brossé ses dents, mangé ses légumes, fait pipi, fait…

Dans l'autobus, ce matin, j'étais assis à côté de Katarina. Tout le long du trajet jusqu'à Mont-Tremblant, Henri n'a pas arrêté de nous raconter des farces plates. Du genre : qu'est-ce qui est jaune en dedans et vert en dehors? Une banane déguisée en concombre!

Mais c'est quand on est arrivés à Mont-Tremblant que tout a commencé à vraiment mal tourner. Une espèce de grand flagada nous attendait devant les bâtiments du camp.

— Bonjour, les amis ! Je m'appelle Roméo Lebeau et je serai chef moniteur durant votre séjour.

Roméo Chose n'avait pas encore fini sa phrase que toutes les filles de la classe fondaient d'amour pour lui. Elles avaient les yeux vitreux, la bouche grande ouverte et l'air complètement ridicule.

Heureusement, Katarina n'est pas aussi stupide. Enfin... c'est ce que je me suis dit. Mais j'ai découvert avec horreur qu'elle aussi était pâmée devant ce grand flagada.

Pendant toute la journée, les filles n'ont parlé que de lui. On entendait tout le temps Roméo par ici, Roméo par là. Les filles faisaient semblant de s'intéresser

à ce qu'il racontait sur les animaux et les plantes pendant la randonnée en forêt, mais en réalité elles ne s'intéressaient qu'à lui.

Roméo Lepabo!

Katarina avait la bouche en cœur lorsqu'elle lui a posé une question sur les champignons comestibles.

— Ceux-là sont-ils dangereux, monsieur Lebeau? a-t-elle demandé en battant des paupières.

Avant de répondre, le chef moniteur lui a dit d'une voix d'acteur de cinéma :

— Appelle-moi Roméo, ma belle.

J'ai failli m'étouffer en l'entendant. J'avais envie de l'étriper, de le pendre par les orteils, de l'enfermer dans une prison remplie de scorpions !

Au souper, Katarina ne s'est pas assise avec moi. Elle a choisi la table de Roméo Chose.

J'avais très faim et le pâté chinois était dégueulasse. Les grains de maïs étaient secs et ratatinés. Ouache ! Tout le monde les repoussait sur le bord de son assiette.

Heureusement, il y avait du gâteau au chocolat pour dessert. J'en ai mangé seulement quatre ou cinq morceaux parce que j'avais l'estomac à l'envers à force de voir Katarina faire les yeux doux à Roméo Laffreux.

Après le repas, le chef moniteur nous a invités à un feu de camp. C'est là que ça s'est gâté.

3
Le maniaque masqué

Tu parles d'un feu de camp !

Roméo Chose était aussi collant que mes guimauves. Il parlait tout le temps avec Katarina. Je ne pouvais pas m'empêcher de les regarder.

Si Roméo n'avait pas été là, j'aurais pu me concentrer sur la cuisson de mes guimauves et elles n'auraient pas toutes pris en feu. À cause de lui, je risque de faire une indigestion de guimauves calcinées.

— Attention, Alexis! Éteins l'incendie sinon j'appelle les pompiers! criait Macaroni chaque fois que ma guimauve flambait.

Macaroni se pense drôle, mais elle a autant d'humour qu'un grille-pain.

Il faisait déjà très noir lorsque Roméo-le-pas-beau a annoncé que c'était l'heure du couvre-feu. Ça voulait juste dire qu'il était temps d'aller dormir. À ce moment, le cuisinier du camp est arrivé avec un grand plateau de biscuits.

— Est-ce que j'ai le temps de raconter une histoire de feu de camp aux enfants ? a-t-il demandé en souriant de toutes ses dents jaunes à Macaroni et à monsieur Torture.

Tous les enfants ont hurlé en même temps :

— Oui ! Oui ! Une histoire de feu de camp !

Macaroni et monsieur Torture ont hésité. Sans doute parce qu'il était tard et qu'ils n'avaient aucune idée du type d'histoire que le cuisinier allait nous raconter.

Moi, je m'en doutais. Cet abominable inventeur de pâté chinois pourri nous raconterait une histoire épeurante. J'en étais sûr. Une histoire... SANGLANTE !

Malheureusement, Macaroni et monsieur Torture n'ont pas eu

le courage de refuser. Et ce détestable cuisinier s'est mis à raconter une histoire d'horreur vraiment, vraiment dégoulinante. L'histoire du maniaque masqué...

— Le maniaque masqué attrape les enfants qui se promènent en forêt la nuit, a commencé le cuisinier. C'est un fou, un malade, un enragé. Il ressemble à un homme-animal. Ses dents sont comme des crocs et il a des griffes au bout des doigts.

Moi, je pensais que le cuisinier devait être un peu maniaque lui-même pour raconter une histoire comme ça à des enfants. Et la nuit en plus ! En pleine forêt !

Macaroni et monsieur Torture avaient des points d'exclamation dans les yeux. Ils ne s'attendaient pas à une histoire aussi effroyable ! Je m'inquiétais pour Katarina. Elle devait avoir peur. Peut-être qu'elle me cherchait maintenant pour que je la rassure.

Mais non ! Ma belle Katarina se collait contre Roméo-le-laid ! J'avais presque envie qu'ils se fassent tous les deux manger par le maniaque masqué.

Et justement, à la fin de son récit, le cuisinier a décrit comment le maniaque tuait les enfants : il leur arrachait le cœur et croquait dedans !

— CROUNCHE ! a fait le cuisinier d'une voix horrible.

— AAAAAAHHHHHHHH !

On avait tous crié en même temps. Mais moi, j'ai eu encore plus peur lorsque le cuisinier a ajouté :

— ET LE SANG DÉGOULINE DE LA BOUCHE DU MANIAQUE MASQUÉ.

Je voyais du sang partout. J'avais un ballon de soccer dans la gorge et les jambes molles comme du Jell-o.

— Alexis! As-tu peur de te faire arracher le cœur? T'as l'air d'une catastrophe ambulante! s'est moqué Henri pendant qu'on marchait vers le dortoir.

— As-tu encore peur, Alexis? Aimerais-tu que je t'accompagne jusqu'au dortoir? m'a demandé Roméo.

Katarina a ri. C'était trop! J'en avais vraiment assez de Roméo Laffreux.

— J'ai pas peur du tout! Le maniaque masqué, c'est juste une histoire de bébé. J'ai tellement pas peur que... que... que je pourrais passer toute la nuit seul en forêt.

Roméo Chose ne semblait pas convaincu. Mais au moins il est parti. Bon débarras!

Malheureusement, je n'étais pas débarrassé d'Henri. L'espèce de cornichon a voulu jouer les héros devant Katarina.

— Tu penses que tu serais capable de passer toute la nuit dans la forêt, Alexis ? Je ne te crois pas ! Moi, par contre, je n'aurais pas peur.

— Arrêtez donc de vous vanter ! a dit Katarina. Vous seriez morts de peur tous les deux.

Là, j'étais vraiment insulté.

Katarina a ajouté :

— Roméo, lui, serait capable...

C'est comme ça que j'ai fait la gaffe de ma vie. J'ai gagé avec Henri ! On a juré de retourner dans la forêt cette nuit-là. En pleine noirceur.

Chacun irait seul de son côté. Celui qui resterait le plus longtemps gagnerait.

Au secours ! Quelle horreur !

4
Pris au piège

Henri a fait semblant de ronfler et moi aussi. À minuit, on est sortis de notre lit et on s'est faufilés dehors à pas de loup.

— Que le meilleur gagne! a déclaré Henri d'une voix grave avant qu'on se sépare.

Je suis seul maintenant et la nuit est beaucoup trop noire. En plus, la forêt est remplie de bruits mystérieux.

Mais je n'ai pas peur... tant qu'il n'y a pas de sang. Pour éviter de faire un cauchemar sanglant, j'essaie de garder les yeux ouverts. Je mange les réglisses rouges que ma mère a mises dans mon sac à dos.

J'ai découvert deux autres objets suspects dans mon sac : une note d'amour de ma mère et un dessin de ma sœur, Marie-Cléo. Une petite horreur de quatre ans qui zézaie ! Ma mère a écrit : « Bonne nuit, mon beau poussin. » Et ma sœur a dessiné un cœur immense avec moi dedans.

Les femmes m'aiment trop !

Je suis quand même bien. J'ai un manteau chaud et mon chandail me sert d'oreiller. Je regarde les étoiles entre les branches des arbres. C'est beau.

Je voudrais rester éveillé, mais j'ai tellement sommeil que mes yeux se ferment tout seuls. Les étoiles pâlissent, pâlissent, pâl...

Un bruit me réveille. C'est déjà presque le début du matin. Le ciel est un peu rose.

J'entends le bruit de nouveau. C'est un bruit... de pas. Quelqu'un marche tout près. Je pense à l'homme masqué et au sang qui dégouline de sa bouche.

Je chasse vite cette idée pour ne pas mourir de peur. Et je pense à Katarina. Ma belle comète européenne aux grands yeux chocolat.

Je retrouve quelques miettes de courage. Alors, je répète dans ma tête : Alexis Dumoulin-Marchand n'a pas peur. Alexis Dumoulin-Marchand n'a pas peur. Alexis...

Mais qui peut bien se promener dans la forêt à une heure pareille ? À moins que ce soit Henri ? Le sacripant est peut-être venu m'espionner. Ou essayer de m'effrayer... Oui, c'est sûrement ça !

J'avance doucement, sans faire de bruit. Des branches craquent plus loin. J'accélère. Gare à toi, Henri !

Soudain, j'entends une plainte. Un gémissement étrange. Tout près, tout près...

Mes cheveux se dressent sur ma tête. Je plaque une main sur ma bouche pour étouffer un hurlement.

Il y a du sang sur le sol. Pas du sang de cauchemar, pas du sang de cinéma. Du VRAI sang.

Et une bête ! Il y a une bête à mes pieds. Une bête vivante qui saigne et qui gémit.

C'est horrible, affreux, effrayant. C'est épouvantablement affreux, dégueulasse et épeurant. De la chair rouge et du sang. OUACHE ! BEURK ! YARK !

J'aimerais mieux vivre un cauchemar pour pouvoir me réveiller. Mais je me pince et ça fait mal. C'est la preuve que je ne dors pas !

Je m'approche malgré tout. Je tremble de peur, mais en même temps... je suis curieux.

C'est un renard ! Un bébé renard roux. Il doit être vivant

parce qu'il gigote encore un peu.
Une de ses pattes est coincée
dans un piège.

Je comprends maintenant d'où
vient le sang. Le renard a essayé
de se libérer et les dents de métal
lui ont déchiré la peau.

La vue du sang m'étourdit. Des
vagues roulent dans mon ventre.
J'ai un peu le mal de mer... Je

voudrais fuir à toutes jambes, mais quelque chose me retient.

Le renard fait vraiment pitié. Il ne bouge plus maintenant. On dirait presque qu'il a peur de moi.

Il me regarde d'un air triste et découragé. Ses yeux lancent des appels au secours. Comme s'il criait : « Aide-moi ! Vite ! Sinon, je vais mourir. »

Soudain, j'ai une idée. Roméo connaît bien les animaux. Il doit m'aider.

Pendant que je cours vers le camp Les Grouillevite, j'entends des branches craquer de nouveau.

Quelqu'un est là. Pas très loin.

Je me cache derrière un arbre et j'aperçois la silhouette d'un homme.

Le maniaque masqué !

Il porte un gros sac accroché à son épaule et il tient plusieurs pièges de métal dans ses mains.

Mon cœur cogne comme un fou. Il faut agir vite. Sinon, c'est la fin du petit renard roux.

5
Opération pâté chinois

J'ai couru comme un champion de marathon. Une fois arrivé au camp, j'ai foncé vers le chalet des moniteurs.

— Vite ! Au secours !

Roméo Lendormi a enfin ouvert la porte. Il avait l'air un peu fou dans son caleçon mauve à petits pois.

— Viens... Le maniaque est là... C'est plein de sang... Il faut sauver le renard...

J'ai dû me calmer parce que Roméo-les-bobettes ne comprenait rien. Finalement, j'ai réussi à tout raconter en quelques mots.

— Le maniaque n'existe pas, cet homme est un braconnier, m'a expliqué Roméo. Il chasse là où c'est interdit. Si tu savais ce que je donnerais pour l'attraper. Ce n'est pas la première fois qu'il installe ses vilains pièges dans la forêt du Mont-Tremblant.

— Vite, Roméo ! Sinon le petit renard va mourir !

— Oui... Mais si on n'attrape pas le braconnier, d'autres renards vont se faire prendre au piège, a répondu Roméo.

C'est à ce moment que j'ai eu une idée. Une idée du tonnerre ! Un plan super-extra-génial pour capturer le braconnier.

— Opération pâté chinois !

— Quoi ?!

Le pauvre Roméo était complètement perdu. Je lui ai décrit mon plan rapidement.

— O.K. On peut essayer, a-t-il finalement décidé. Je vais chercher une bonne corde. Et je prends ce qu'il faut pour libérer l'animal. Toi, occupe-toi du pâté chinois !

6
Grains de maïs et grosses narines

J'ai réussi à me faufiler dans la cuisine du camp. Dans l'immense réfrigérateur, j'ai trouvé ce que je cherchais : un grand plat avec les restes de pâté chinois.

BEURK ! Des vieilles patates en purée ramollies, des mottes de viande grise flottant dans un liquide gras et des tas de petits grains de maïs durs et fripés.

C'était formidablement dégoûtant ! Exactement comme j'espérais...

Roméo m'a suivi dans la forêt. Heureusement, je me souvenais de la direction à prendre pour retrouver le renard roux.

Il fallait faire très attention. Roméo m'a conseillé de bien examiner le sol avant chaque pas. Sinon... CLAC! Je pouvais me retrouver avec un pied coincé dans un piège.

Soudain, Roméo a tiré sur la manche de mon manteau. Il avait entendu un bruit. Le braconnier approchait. Il se dirigeait droit vers le renard roux. Par chance, nous n'étions pas loin.

Un tout petit gémissement de presque rien a percé entre les arbres. Mon cœur s'est serré.

— Allons-y! a murmuré Roméo.

Nous avons avancé rapidement mais le plus silencieusement possible. J'ai déposé le plat de pâté chinois au bon endroit. Puis, nous avons tendu la corde. Roméo tenait un bout, et moi l'autre.

Le renard roux a gémi de nouveau. Cette fois, le braconnier l'a entendu lui aussi.

— Ah! Ah! T'es pas loin, hein, paquet de poils? J'ai bien hâte d'avoir ta fourrure sur ma tête. Tu vas me faire un beau chapeau!

— Fesses de maringouin!

Je n'avais pas pu retenir mon cri. Je venais de reconnaître la voix. Je connaissais l'identité du braconnier!

Énervé par mon cri, l'homme a couru... directement vers notre piège. Il s'est empêtré dans la corde et il s'est écrasé de tout son long. Sa grosse tête a atterri

droit... dans le pâté chinois. Exactement comme j'avais prévu !

Le braconnier a tenté de se sauver, mais Roméo lui avait déjà solidement ligoté les pieds. Je n'ai pas pu m'empêcher d'applaudir en voyant la tête du braconnier. Il avait de la viande dans les cheveux, des patates dans les yeux et des grains de maïs plein les narines !

L'homme était furieux. Ses yeux lançaient des éclairs.

— Eh bien ! Ça alors ! s'est écrié Roméo en le dévisageant. Je pense qu'on va engager un nouveau cuisinier.

Je comprenais, maintenant, pourquoi le cuisinier inventait des histoires pour décourager les enfants de se promener en forêt la nuit. C'était lui, le braconnier !

7
Vas-y, cours !

Pendant que le cuisinier-braconnier barbouillé de pâté chinois bouillait de colère, Roméo et moi avons volé au secours du petit renard roux.

Il ne bougeait plus. Sa tête reposait sur le sol, ses yeux étaient ouverts, mais ils ne regardaient rien. Ils étaient vides, éteints.

C'était trop horrible. Je ne voulais pas qu'il soit mort.

Je me suis agenouillé près de la petite boule de fourrure. Roméo m'a frotté l'épaule pour me consoler.

J'ai avancé la main et j'ai flatté le renard. Mes doigts ont caressé son dos, puis sa tête et même le velours sur son museau. C'était encore plus doux que les cheveux de Katarina.

C'est alors qu'un frisson a couru sous mes doigts. Le renard avait remué !

Roméo était aussi excité que moi :

— Bravo ! Tiens bon, mon ami. Nous allons te sauver, a-t-il promis.

Roméo avait déjà libéré d'autres bêtes prises au piège. Il m'a expliqué que d'habitude il enveloppait l'animal dans une couverture avant de toucher à la patte blessée.

— Ça permet d'immobiliser la bête. Au cas où elle attaquerait. Mais notre renard est tellement petit et terrifié qu'il ne bougera pas, j'en suis sûr.

Roméo avait raison. La pauvre bête est restée immobile et penaude. Roméo a ouvert le piège et, très délicatement, il a dégagé sa patte ensanglantée.

La vue du sang ne me faisait même plus peur. Je pensais seulement au renard. Je voulais tellement qu'il survive !

Roméo a reculé et je l'ai suivi. Au bout d'un long moment, le petit renard a secoué lentement sa patte blessée. Puis, il s'est relevé avec effort.

Je le trouvais très courageux. Il devait avoir terriblement mal !

Le petit renard a alors tourné la tête vers nous et il nous a regardés. Ses yeux étaient plus brillants, mais je devinais qu'il avait encore peur.

Il attendait. On aurait dit qu'il voulait nous demander la permission de partir. « Suis-je vraiment libre ? » semblait-il dire.

J'ai décidé de l'encourager :

— Vas-y, cours ! Allez !

Et c'est exactement ce qu'il a fait ! Le petit renard a détourné la tête et il a filé droit devant lui en boitant.

Le cuisinier-braconnier avait tout vu et il avait l'air piteux maintenant. Il regrettait peut-être ce qu'il avait fait. De toute manière, c'était trop tard. Roméo avait eu la bonne idée de laisser une note pour que quelqu'un alerte l'agent de conservation.

Un véritable troupeau fonçait sur nous. Monsieur Torture était en tête suivi d'un agent de conservation venu arrêter le braconnier. Toute la classe galopait derrière. Macaroni trottait un peu plus loin.

Je me suis tourné vers le chef moniteur :

— Bravo, Roméo !

— Bravo à toi, Alexis ! Le petit renard te doit la vie, a répondu Roméo.

Ça m'a fait tout drôle.

8
Ragoût de crottes

Quelle aventure !

Et ce n'est pas tout ! Une fois de retour au camp pour le déjeuner, j'ai remarqué qu'il manquait quelqu'un.

Henri !

J'ai averti Macaroni, monsieur Torture et Roméo aussi. Deux minutes plus tard, toute la classe était lancée à sa recherche.

C'est Katarina qui l'a trouvé. Henri dormait profondément dans la véranda grillagée derrière la cuisine.

Sacré Henri ! Il avait voulu me faire croire qu'il avait passé la nuit en forêt alors qu'il était resté caché pendant tout ce temps. S'il n'était pas tombé aussi profondément endormi, je ne l'aurais jamais su.

Finalement, on s'est tous assis pour déjeuner. En l'absence du cuisinier, Macaroni et monsieur Torture ont préparé le repas.

Après une nuit aussi mouvementée, j'avais le ventre un peu creux. Il a fallu quatre œufs, douze tranches de bacon et six tartines au caramel, beurre d'arachide, fromage fondu et gelée de raisin pour le remplir un peu.

Hum! C'était délicieux.

À la fin du repas, monsieur Torture a pris la parole.

Je pensais qu'il allait me féliciter. Dire à tout le monde combien Alexis Dumoulin-Marchand était brave, débrouillard, intelligent, extraordinaire quoi. Un vrai héros !

Pas du tout ! Monsieur Torture a déclaré d'une voix sévère qu'Henri et moi avions enfreint le couvre-feu et commis une imprudence.

— La conséquence habituelle, selon les règlements de l'école,

consiste à vous interdire de participer à la prochaine classe de vacances, a-t-il annoncé.

J'ai crié :

— Non !

Je venais de découvrir que j'avais complètement changé d'opinion sur les classes vertes. J'avais déjà hâte à la prochaine ! Je n'avais plus du tout envie d'attraper la varicelle une deuxième fois pour que ma classe parte sans moi.

Heureusement, Macaroni a pris la parole à son tour. Elle a dit qu'en temps normal nous aurions bien mérité cette punition mais que, « étant donné le geste humanitaire exemplaire d'Alexis qui a sauvé le petit renard roux », monsieur Torture et elle avaient décidé de nous donner une chance.

FIOU ! Je l'aurais embrassée, ma belle Macaroni !

Avant que nous montions dans l'autobus, Roméo m'a serré la main et il m'a fait une confidence.

— Mille fois merci, Alexis ! Tu ne m'as pas débarrassé seulement du braconnier mais du pire

cuisinier que j'aie jamais rencontré. Son pâté chinois était pourri, mais son ragoût de boulettes était encore pire...

Roméo s'est approché et il a murmuré dans mon oreille :

— Son ragoût de boulettes goûtait la crotte !

Épilogue

Dans l'autobus, au retour, Henri s'est assis à côté de moi. Il a attendu que Macaroni invite tout le monde à chanter à tue-tête pour me faire une révélation monstre.

— Macaroni et monsieur Torture sont amoureux !

— Arrête tes farces plates, Henri.

— Je te jure ! Je les ai espionnés cette nuit. Ils sont venus s'asseoir dans la véranda où j'étais caché. Monsieur Torture appelait Macaroni « mon petit pinson adoré » et Macaroni l'appelait « mon gros bison d'amour ».

J'aurais voulu en apprendre plus, mais c'est tout ce que savait Henri. On s'est bien promis de les épier.

Après ça, je me suis mis à penser à l'amour. Et à Katarina, assise plus loin avec Rosaline Lamonde. J'espérais tellement que Katarina m'aime encore.

Pour passer le temps, j'ai fouillé dans mes poches. Et j'ai découvert un billet.

Ah non! Encore ma mère poule. J'avais envie d'avaler le papier avant que quelqu'un le lise et se moque de moi. Au lieu de ça, j'ai marché vers l'arrière de l'autobus pour jeter le billet dans les toilettes.

Avant de le lancer dans la cuvette, j'ai quand même pensé à le lire, par curiosité.

Heureusement!

C'était écrit :

Alexis, tu es VRAIMENT *mon héros.*

Et c'était signé :

Katarina.

Tout en bas, elle avait ajouté :

P.-S.: Je t'aime

Ça y est : mon cœur lance des flammèches.

Plus j'y pense, plus j'adore les classes de vacances.

Transcontinental
IMPRESSION
MÉTROLITHO

Imprimé au Canada